TREIZIÈME CHANSON.

—

LES COMMIS

VOYAGEURS.

En dépit de Perrier, Vivien et tous ses sbires,
Je chante et chanterai tous les affreux délires
Qu'enfantent chaque jour ces nouveaux charlatans.
Dans le temple des lois, fourbes, je vous attends.

CHABANNES.

PARIS,

AUX BUREAUX DU RÉGÉNÉRATEUR,

Palais-Royal, galerie d'Orléans, n. 17, et passage
du Saumon, n. 27.

—

1831.

LES COMMIS VOYAGEURS.

INTRODUCTION.

Je terminai, au 24 mai dernier, le récit des véritables atrocités commises par le ministère public et par la police pour entraver et empêcher la publication de mes écrits. Les ayant combattus et battus jusques dans leur dernier retranchement, n'osant plus faire refuser les visa par les commissaires de police, ni faire arrêter mes colporteurs, après l'arrêt rendu par la chambre de mise en accusation, ils s'étaient bornés, pendant quelques jours, à déchaîner après eux tous les limiers de la police, et à ne leur laisser de repos dans aucun lieu, sous prétexte que le public s'attroupant autour des étendards dont ils étaient porteurs, ils causaient obstruction sur la voie publique, et ces malheureux revenaient le soir harrassés de fatigues, dégoûtés par tant de persécutions et n'ayant pas vendu la vingtième partie de ce que probablement ils eussent débité. J'avais été quelques jours à ma campagne ;

les deux lettres dont les copies suivent apprendront ce qui s'est passé. La première fut adressée à MM. les gérans de tous les journaux de la ville et des départemens.

MONSIEUR,

Au nom des lois, de l'intérêt public et de l'humanité, je réclame de votre loyauté l'insertion la plus prompte des faits suivans que je signe, en en réclamant sur moi toute la responsabilité.

J'ai l'honneur de vous saluer.

CHABANNES.

Revenu de la campagne ce 6 juin à onze heures du matin, j'ai trouvé une lettre de deux colporteurs nommés Chrétien et Delacour, pour m'informer que le 2 du courant ils avaient été de nouveau arrêtés par des agens de la police, et qu'après avoir été détenus trois jours dans la prison de la Préfecture, ils venaient d'être transférés à la Force ; ils ajoutaient qu'on avait saisi sur eux les deux étendards dont ils étaient porteurs ; ainsi que 178 exemplaires de mes écrits, quoiqu'ils eussent rempli toutes les formalités prescrites par la loi. Je supprime les détails des violences exercées envers ces malheureux.

Je me rendis aussitôt au parquet de M. le Procureur

du Roi, et ayant rencontré ce magistrat dans le corridor, je lui dis que je venais réclamer ces deux hommes, et lui demandai comment, après que les précédentes arrestations arbitraires et vexatoires avaient été doublement déclarées, par jugement et par arrêt, avoir été faites injustement; comment, dis-je, il pouvait exercer des persécutions semblables ? Il me répondit : « Puisque vous ne voulez pas cesser d'écrire, il faut bien vous y obliger. »

Mes cheveux en ont dressé sur ma tête. Où sont les lois ?... Que sont nos droits ?... Quelle horreur!!!

La conversation fut vive, et je lui déclarai que j'emploierais tous les moyens que me donnait la loi pour obtenir le redressement de tant d'indignités.

En voici un faible exposé : 1° les agens de la police ont fait plus de vingt arrestations arbitraires, sans qu'aucune suite leur ait été donnée, ni que les papiers saisis sur eux m'aient été restitués (violation de la loi); 2° ceux qui ont été tradaits ont tous été acquittés ; 3° deux actions intentées contre moi ont été couvertes de la honte qu'elles méritaient par jugement du Tribunal et arrêt de la Cour ; 4° on n'ose pas m'attaquer, et on met des malheureux en prison sans motifs, sans raison, ajoutant à l'arbitraire le plus révoltant l'inhumanité et la barbarie de porter la douleur dans le sein de deux familles, et cela uniquement pour effrayer les autres colporteurs. Peut-on pousser plus loin l'injustice et l'iniquité?

5° Les agens de la police ne les laissent un seul instant en place; ils poursuivent ces malheureux colporteurs dans toutes les rues. Encore une fois..... Où sont les lois?... Que sont nos droits?...

Puissent ces faits venant aux yeux de MM. les Électeurs, leur apprendre à connaître le ministère actuel!

J'ai adressé à trois ou quatre imprimeurs, dans chaque chef-lieu de département, le dernier écrit que j'ai publié sous le titre : le Ministère, le Gouvernement, la Nation, Hommage au Roi, Salut de la France, en leur donnant toute autorisation de le faire réimprimer à leur profit. Je leur adresserai pareillement celui que je vais faire demain, sous le titre des Commis-voyageurs. J'engage tous les électeurs à se les procurer; ils ne pourront rien lire de plus concis, ni de plus précis, ni de plus propres à les éclairer dans leur choix. Je supplie en même-temps tous MM. les journalistes de m'accorder enfin la publicité, et le ministère le plus fourbe, le plus pitoyable, le plus funeste à la France qui ait jamais existé, se verra partout honni et repoussé. Que le ministère public ose m'attaquer une troisième fois, et il verra comment je traiterai publiquement ses actes devant les tribunaux.

J'ai l'honneur de vous saluer.

CHABANNES.

A M. le Procureur du Roi.

Ce 7 juin 1831.

«Monsieur ,

«Il y a un an , à cette même époque, que je défiais M. de Peyronnet, la censure et M. Mangin , d'oser attaquer l'homme qui peut se dire aussi pur qu'il en puisse exister. Malgré la violence de leur caractère, les fureurs du parti prêtre, les malheureuses préventions que les plus fourbes tartuffes étaient parvenus à donner contre moi à l'aveugle et infortuné Charles X , ces ministres furibonds n'auraient osé s'oublier jusqu'à m'adresser les paroles qui vous sont échappées hier et que je rends publiques aujourd'hui. Je vous répondis, monsieur, que loin de céder sous les coups du plus indigne arbitraire, j'emploierais tous les moyens que la loi me permettrait pour obtenir le redressement de tant d'iniquités. Comment, monsieur, pouvez-vous permettre que des moyens aussi iniques, aussi atroces, puissent être employés par vos sous-ordres ? Eh quoi ! ce n'est pas assez que de les avoir couverts de honte et de confusion dans les tribunaux ; que d'avoir affiché et publié tous leurs hideux méfaits ; sans qu'ils aient osé chercher même à excuser les malversations et prévarications dont je les ai publiquement accusés. N'osant vous en prendre à moi, d'après la conviction où vous devez être que la confusion couvrirait bientôt ce nouvel attentat, vous vous oubliez, monsieur, vous vous abaissez jusqu'à faire tomber votre vengeance sur des malheureux ! Ils avaient rempli toutes les formalités requises par la loi : j'en ai les preuves, et ils sortiront triomphans de la prison où, sous ce faux prétexte, vous avez l'indignité de les détenir. Vous ne pourrez empêcher, ni moi de publier les faits dans un mémoire, ni un avocat de faire frémir les juges du récit de tant d'attentats. Les échos en retentiront jusqu'aux extrémités de la France, et les cris des victimes d'aussi exécrables abus du pouvoir porteront l'indignation dans tous les cœurs.

« Je réclame de nouveau, monsieur, la liberté de ces malheureux, et je me rends caution pour eux ; je réclame la restitution de tous les objets saisis illégalement et retenus non moins illégalement dans votre propre greffe, malgré toutes les réclamations que j'ai eu l'honneur de vous adresser maintes fois, tant verbalement que par écrit ; et, de plus, si contre mon intention et ma volonté, dans la juste exaspération où le langage que vous m'avez tenu a dû me porter, je pouvais outre-passer quelques bornes, je vous en rends responsable devant la loi, nul n'étant plus éloigné que moi de vouloir manquer aux égards et au respect dus à des magistrats.

« J'ai l'honneur d'être avec considération,

« Monsieur le procureur du Roi,

« Votre très humble serviteur,

« CHABANNES. »

Aux nouveaux traits dont ces lettres vien-de donner connaissance, faits pour exciter ma plus vive indignation, vint s'ajouter une nouvelle persécusion, plus méprisable et plus dégoûtante peut-être encore. M'étant rendu en arrivant chez mon avoué, il m'apprit que par une astuce et une fourberie qu'il n'eût pu soupçonner, ni croire même possible, on avait porté devant le tribunal, samedi 21 mai, la cause qui eût dû avoir été placée au rôle, et sans l'en avoir prévenu, quoique partie citée et la plus intéressée dans la cause, l'administration du Palais-Royal avait ainsi obtenu un jugement qui l'autorisait à m'expulser des lieux; et qu'aussitôt qu'il en avait été informé, il en avait fait interjeter appel.

Ayant été de là chèz mon avoué en la cour royale, ma surprise et ma douleur devinrent plus grandes encore en apprenant que quelques défauts d'explication provenant sans doute *d'erreur ou d'indifférence*, avaient causé le retard de cet appel. J'espère qu'il aura été signifié hier soir, ou qu'il le sera sans faute aujourd'hui ; mais quelques aient été les causes de ces antécédens fort extraordinaires de toutes parts, le résultat est que je me trouve dans la même situation où je fus lorsque par une semblable astuce, la même administration, sous le nom d'un prête-nom, ayant surpris une ordonnance de référé, vint s'emparer de mon bureau et m'en expulser. J'ignore ce qui va se passer ; mais je suis bien résolu de me défendre jusqu'à la dernière extrémité, et la publicité sera au moins ma vengeance ; la plainte que j'ai rendue au criminel m'en fournira bientôt les moyens : le hasard ayant mis en mes mains hier même le fil que je n'avais pu jusque-là me procurer, et qui me manquait pour mettre M. le juge d'instruction à même de remonter à la découverte, sinon des auteurs du crime, au moins à celle des complices. Au milieu de semblables tracas, on sera sans doute surpris de la célérité avec laquelle j'ai pu, en si peu de temps, faire autant de choses.

Je commençai par composer l'affiche dont suit la transcription, et dessiner la lithographie en grand dont on trouvera une copie réduite en petit ci-après, et après-demain jeudi, dès la pointe du jour, mes colporteurs entreront en campagne, munis de cette affiche et de ce nouvel écrit.

Sur la partie supérieure est écrit en gros caractères :

Les Commis voyageurs.

« Par jugement, arrêt, émanés de la loi,
De troubler ces crieurs police garde-toi,
Ou chaque citoyen doit prendre leur défense.
Tout abus du pouvoir force à la résistance ;
J'en donne ici l'exemple encore en ce moment :
Tu n'auras violé les lois impunément.
Devant les tribunaux Chabannes te défie,
Et saura t'y couvrir d'opprobre et d'infamie.

Vient ensuite dans la partie du milieu, sur une même ligne, les trois lithographies ci-après, et sous chacune desquelles on lira ce qui acheva de composer cette affiche. Si on l'arrête, elle reparaîtra dans les tribunaux, et en attendant le public en aura ici connaissance.

Que la publicité vienne à mon assistance,
Et, j'ose l'espérer, je sauverai la France.
Depuis plus de dix ans j'en ai nourri l'espoir,
Et de la vérité tel sera le pouvoir.

Voici ci-contre le premier sujet.

Au-dessous de la voiture des commis voyageurs, on lit sur l'affiche le couplet qui suit :

AIR *de la Parisienne.*

Dans de nombreuses ambassades

J'accours en poste de Paris,

Pour chercher par des gasconnades

A relever tous nos crédits.

Je vous le dis en confidence,

Notre commerce expire en France,

Si le casimir,

Pour le rétablir,

Sur ses concurrens ne pouvait obtenir

De vous la préférence.

OBSERVATIONS

Que tout membre éclairé dans le conseil du Roi eût dû faire à Sa Majesté, au sujet des deux voyages que maître Perrier paraît lui avoir suggéré d'entreprendre aussi subitement que peut-être inconsidérément.

« Sire, me serais-je permis de lui dire, si j'eusse eu l'honneur d'être l'un des membres de ce conseil, Votre Majesté ayant été élu roi des Français, au nom de toute la France, par une assemblée de députés qui n'avaient reçu aucun pouvoir de leurs commettans, ni pour élire un Roi, ni pour donner à la

France de nouvelles institutions, fut mal conseillée après le 8 août, en n'ayant pas convoqué de nouveau les colléges électoraux, pour faire ratifier, par l'adhésion de la nation, son élévation à la couronne, ainsi que la nouvelle Charte et les lois qu'il plut à ces mêmes mandataires, *sans mandats ad hoc*, de créer et de faire.

» Si elle eût suivi alors cette marche régulière, et qu'elle eût parcouru peu après les provinces de France, ses voyages eussent eu un but également sage et politique; mais je croirais manquer à tous mes devoirs envers elle, si je ne lui observais que ces incursions conçues aussi subitement, exécutées aussi rapidement, l'expose aujourd'hui à paraître aux yeux de tout être clairvoyant, ne parcourir les provinces que pour soutenir des conseils en exécration à la nation ; et je ne puis lui dissimuler que ces remarques ne peuvent échapper aux discussions de la session prochaine, ni au jugement du peuple français.

». M. le président du conseil suppose que la vue de Votre Majesté, les discours et réponses qu'il aura fait insérer dans le Moniteur, feront une grande illusion sur l'esprit des électeurs; telles que les processions sous Charles X, elles pourront peut-être faire un effet contraire à son attente. Puisse cette prédiction ne pas se vérifier ! »

A CHARENTON

On lit sur la voiture :

A Charenton ;

Et au-dessous, ces paroles que prononce le cocher :

J'attends ici le Ministère du juste milieu, pour le conduire à sa destination.

Air : *de la Parisienne.*

Je demande à Perrier lui-même
S'il n'est par trop extravagant,
Et si sur son fourbe système
Je puis être plus indulgent ?
J'en appelle à toute la France.
A l'État de son impuissance,
Quel est le Français,
Sur tant de méfaits,
Qui, pour son pays et dans ses intérêts,
N'approuve ma sentence.

Perrier doit voir dans la voiture
Et le lieu proposé pour lui,
Combien son *comfort* et sa cure
Ont l'indulgence pour appui ;

Vu son excessive démence,
J'invoque pour lui la clémence
Sur tous ses méfaits,
De chaque Français,
Qui, pour son pays et dans ses intérêts,
Blâmerait ma sentence.

Chacun, comme moi, je le pense,
De tout son cœur fera des vœux,
Dans ce moment d'effervescence,
Pour que Philippe ouvre les yeux
Sur un ministère en démence ;
Et que sa royale clémence,
Sur tous les méfaits
De ces plats valets,
Pour l'amour de nous et dans ses intérêts,
Confirme ma sentence.

Au-dessous de ces Colporteurs on lit l'inscription
suivante :

> Mes simples chansonnettes
> Paraissent à Perrier
> Les terribles trompettes
> Du jugement dernier ;
>
> Et Vivien bassement cherchant à lui complaire,
> Sur tous mes colporteurs exerce l'arbitraire ;
> Mais il faut mettre un terme à tant d'égaremens ;
> Dans le temple des lois, fourbes, je vous attends.

Ainsi finit le premier côté de l'étendard que porte
chaque colporteur, et sur l'autre côté est inscrit ce
qui suit :

« En violation des lois, et foulant aux pieds les
droits que garantissent à tout citoyen la CHARTE et les
SERMENS DU ROI, LA POLICE ne cesse de vexer les colporteurs qui débitent mes écrits. Que le public juge
par-là seul à quel point le ministère redoute la publi
cité des vérités qu'ils renferment.

» Si mes écrits sont coupables devant la loi, qu'on
me traduise DEVANT LES TRIBUNAUX ! mais s'ils n'ont de
but que le BIEN PUBLIC, la GLOIRE DU TRÔNE, le SALUT
DE LA FRANCE ! quels plus coupables abus du pouvoir,
que les persécutions que la police emploie pour en
empêcher la circulation ?

» C'est donc au nom des lois et des droits des citoyens et des sermens du Roi élu des Français, que je réclame la protection des magistrats et de tout citoyen contre toute nouvelle vexation des agens de la police.

» Dans la session prochaine, je dénoncerai à la Chambre des Députés ces violations des lois, ainsi que les magistrats qui eussent pu les avoir ordonnées ou tolérées, et ceux de leurs subordonnés qui y eussent participé. En attendant que l'esprit public me seconde, ce sont les lois, ce sont nos droits que je soutiens, que je défends. Tous mes écrits sont et seront de la plus haute importance pour vos propres intérêts.

» La modicité du prix ne doit retenir aucun citoyen de les lire : 8 sous séparément, 1 franc chaque série, composée de huit écrits. Ils formeront une collection que chacun conservera avec plaisir, lorsqu'il aura été à même d'en juger l'importance. »

La place me forçant à m'arrêter, après-demain paraîtront la suite des matières qui n'ont pu contenir dans cette forme, et la quatorzième Chanson, qui sera intitulée : *Vive le Roi quand même!*

IMPRIMERIE DE BELLEMAIN, RUE SAINT-DENIS, N° 38.